C'est la Mort qui console, hélas! et qui fait vivre ;
C'est le but de la vie, et c'est le seul espoir
Qui, comme un élixir, nous monte et nous enivre,
Et nous donne le cœur de marcher jusqu'au soir.

Charles Baudelaire

Août • 450 kilomètres entre la Vie et la Mort

La Vie. Commune de Nouhant (Creuse). Larousse : « Vie : ensemble des phénomènes biologiques communs aux êtres organisés, qui évoluent de la naissance à la mort. »

Je suis allé de la Vie à la Mort à pied. La Vie est un hameau situé dans la Creuse. La Mort est un lieu-dit situé dans le Doubs. 450 kilomètres les séparent ; je les ai parcourus à pied, au plus près d'une ligne droite tracée sur la carte.

À force de poser mon regard sur l'horizon, et au fur et à mesure que le chemin disparaissait devant moi pour réapparaître derrière, j'ai fini par me poser la question du bout du chemin : et qu'est-ce que le bout du chemin, sinon la mort ? J'ai donc décidé d'aller voir la Mort de plus près. Bien sûr, je suis parti de la Vie. Puis j'ai arpenté les plateaux du Limousin, traversé les plaines de l'Allier, gravi les collines du Morvan, longé les plis du Jura. Devant, droit devant. J'ai franchi des fleuves sur des ponts, des rivières sur des passerelles, et des ruisseaux à gué. J'ai passé le Cher à Montluçon, la Loire à Bourbon-Lancy, la Saône à Chalon, la Loue à Ornans. J'ai longé des voies de chemin de fer désaffectées, et d'autres qui l'étaient moins. J'ai croisé des autoroutes, et me suis égaré sur des chemins abandonnés. J'ai eu chaud dans la plaine de la Bresse, et froid sur les contreforts du Jura. J'ai dormi dans des hôtels à vingt euros, des caveaux de famille et des pensions de famille ; j'ai fait la guerre, la nuit, aux hérissons et aux moustiques. J'ai rencontré Dominique et Andrée, Julien et Léontine, Jacques, François, Sandrine, Octave, Gérard et Laurence, Michel, Xavier et Claire, Paul et Patrick, Daniel et France, Régine, Claude, Yannick et Geneviève. Et, c'est certain, il y en a beaucoup d'autres que je n'ai pas connus.

En arrivant à la Mort, j'ai constaté qu'aucun panneau ne la signalait, m'empêchant d'immortaliser la Mort. Le maire de la commune m'a emmené gentiment à une table d'orientation d'où l'on tenait la Mort à distance. Je me suis dit que ce n'était finalement peut-être pas si mal, et j'ai filé à Consolation voir si l'on peut se remettre d'avoir frôlé la Mort. Le maire m'a promis d'installer un panneau pour signaler le lieu-dit. Aux dernières nouvelles, les habitants du hameau s'y seraient opposés. On me dit qu'ils ont leurs raisons ; et je me dis qu'ils ont sans doute raison.

La Vie. Km 0. **Dominique et Andrée, agriculteurs, habitent le hameau la Vie, dont ils ne connaissent pas l'origine du nom.** Dominique répond du haut de son tracteur ; il n'a pas coupé son moteur. Andrée est au pied du tracteur.
Fumier. Ferrailles. Fourrage.

[Pour vous, que signifie l'expression « faire son chemin » ?]

– Bonne question ! (*Rires.*)
– Faire son chemin, c'est faire son chemin dans la vie. Oui, c'est ça, faire son chemin dans la vie avec les difficultés, et puis les réussites. Voir là où ça nous mène.

[On dit que la mort est au bout du chemin ; qu'en pensez-vous ?]

Oh, oui, ça, c'est sûr. De toute façon, forcément, la mort, c'est la fin de la vie… (*Rires.*) De toute façon.

[Si je vous dis que vous êtes entre la Vie et la Mort, ça vous fait quoi ?]

Ça nous fait que c'est une réalité. (*Rires.*) Sauf que là, on est jeunes, alors on n'a pas envie ! (*Rires.*) Aujourd'hui, on est à la Vie.

La Vie. Km 0. **Julien est un jeune paysan qui vit à la Vie. Léontine, sa grand-mère, habite l'exploitation familiale.** C'est Julien qui répond ; Léontine acquiesce, ricane, ponctue, s'offusque. Dans la cour de la ferme. À l'abri du fort vent d'ouest. Des fleurs.

[Pour vous, que signifie l'expression « faire son chemin » ?]

Ah ! Ça va être dur, là… Faire son chemin ? Faire son chemin… Je ne vois pas du tout, cela ne m'inspire rien.

[On dit que la mort est au bout du chemin ; qu'en pensez-vous ?]

– (*Soupir de lassitude.*) Oui, ça, tout le monde le sait. On a la particularité, nous, êtres humains, de le savoir, oui. (*Rires.*)
– Ne parlez donc pas de ça !

[Si je vous dis que vous êtes entre la Vie et la Mort, ça vous fait quoi ?]

La Vie, c'est le village. Oui, la Vie, c'est le village. Enfin, en ce moment, il y a plus de morts que de naissances ; mais il y a encore quelques personnes. On le sait, on vit avec, on vit avec la mort. (*Rires.*) Moi, j'espère que j'en suis loin ; j'espère que j'en suis là. (*Lapsus.*) Ma grand-mère aussi, je pense, puisqu'elle est née le même jour que Jeanne Calment : c'est bien parti ! (*Rires.*)

qui marche entre la vie et la mort • celui qui marche entre la vie et la mort • celui qui marche entre la vie et la mort • celui qui marche entre la vie et la mort • celui qui marche entre **La Vie.** la mort • c

KM0

Km 10. **Jacques est agriculteur à la lisière de la Creuse et de l'Allier.** À ma vue, il m'interpelle, m'interroge sur ma présence ici.
Sur le chemin, au sortir de chez lui. Envie de parler. Les femmes. Le destin. La vie.

[Pour vous, que signifie l'expression « faire son chemin » ?]

Oh, vous savez, il n'y a pas de destin tout tracé. Les choses rebondissent en dehors de notre volonté. Alors…

[On dit que la mort est au bout du chemin ; qu'en pensez-vous ?]

Peut-être bien que la mort est au bout du chemin, mais moi, ce qui me manque, c'est une femme sur le chemin. Vous savez, il y a peu de femmes à la campagne. Et puis, elles ont toutes sortes de désirs. Alors elles s'en vont, et moi, je reste.

[Si je vous dis que vous êtes entre la Vie et la Mort, ça vous fait quoi ?]

La vie me surprend beaucoup : il y a beaucoup de choses étonnantes dans la vie, mais peu de choses intéressantes.

ui marche entre la vie et la mort • celui qui marche entre la vie et la mort • celui qui marche entre la vie et la mort • celui qui marche entre la vie et la mort • celui qui marche entre la vie et la mort • ce

KM13

KM18

La ligne de chemin de fer vers Domérat.

celui qui marche · entre la vie et la mort · celui qui marche entre la vie et la mort · celui qui marche entre la vie et la mort · celui qui marche entre la vie et la m

Km 20. François habite Montluçon depuis peu. Il s'y est installé pour son travail. Il m'interpelle dans la rue pour me faire découvrir le marché de la ville, puis propose de prendre un café ensemble. François singe la bonne humeur, force le trait, inquiéterait presque. Il revient d'une soirée chez des amis qui s'est terminée au petit matin.
Chez lui. Café. Tartines. Silences.

[Pour vous, que signifie l'expression « faire son chemin » ?]

Faire son chemin, c'est construire sa vie, avoir un métier ; c'est vivre la pleine vie. Faire son chemin, c'est ça.

[On dit que la mort est au bout du chemin ; qu'en pensez-vous ?]

Oui, c'est clair, la mort est au bout du chemin, n'importe lequel. Tu as beau prendre n'importe quelle direction, elle sera là, mais c'est toi qui choisis le chemin.

[Si je vous dis que vous êtes entre la Vie et la Mort, ça vous fait quoi ?]

Oh, ça ne me fait rien. La mort ne m'a jamais fait peur, au contraire. J'ai toujours été kamikaze, j'ai toujours croqué la vie à pleines dents, si je dois mourir demain, autant vivre ma vie comme elle vient et en profiter au maximum. *(Silence.) (Et les larmes montent aux yeux de François... Puis il me parle de sa vie pendant quatre heures.)*

Km 60. **Sandrine tient le café d'un village de l'Allier.** C'est le seul café du village ; il est en face de l'église. Les informations défilent à la télévision suspendue au mur.
Au comptoir, en Formica rose. Et encore : Loto, tabac, courses.

$\begin{bmatrix} \text{Pour vous, que signifie l'expression} \\ \text{« faire son chemin » ?} \end{bmatrix}$

Il faut être courageux pour pouvoir prendre le chemin.

$\begin{bmatrix} \text{On dit que la mort est au bout du chemin ;} \\ \text{qu'en pensez-vous ?} \end{bmatrix}$

C'est vrai, je peux vous dire que c'est vrai. On a combattu avec notre gendre. Il disait toujours : « Au bout du chemin, je n'aurai rien ; ce sera la mort. » Et il est mort.

$\begin{bmatrix} \text{Si je vous dis que vous êtes entre la Vie} \\ \text{et la Mort, ça vous fait quoi ?} \end{bmatrix}$

Oui, je sais qu'aujourd'hui je suis là, et que demain, malheureusement, je ne serai plus là. Avec mon gendre, on a eu très peur ; on l'a perdu du jour au lendemain, à cause d'un problème au cœur, il a laissé trois petites filles. Voilà.

celui qui marche entre la vie et la mort • celui qui marche entre la vie et la mort • celui qui marche entre la vie et la mort • celui qui marche entre la vie et la mort • celui qui   Le Cher à Montluçon. et la mort • ce

KM21

KM56

celui qui marche **L'ancienne ligne Montluçon-Moulins vers Murat.** entre la vie et la mort • celui qui marche entre la vie et la mort • celui qui marche entre la vie et la mort • celui qui marche entre la vie et la ui marche entre la vie et la mort • celui qui marche entre la vie et la mort • celui qui marche entre la vie et la mort • celui qui marche entre la vie et la mort • celui qui marche **Vers Besson.** et la mort • ce

KM96

Km 77. Octave a 81 ans. Il a toujours vécu seul. À l'exception de voyages à Lourdes, il n'a jamais quitté l'Allier. Il a fait toute sa vie des petits boulots dans le village où il habite : dans les fermes, sur les routes, à la mairie. Il vit dans une pièce unique noircie par la fumée de cheminée. Il est assis à sa fenêtre.
À la table de la cuisine, près de la fenêtre donnant sur la route départementale. Autos. Mobylettes. Camions.

[Pour vous, que signifie l'expression « faire son chemin » ?]

Son chemin, on peut le faire dans l'agriculture, dans des bureaux, en usine, auprès des malades, comme les médecins, les infirmières, les aides-soignantes, que j'ai bien connus quand je suis tombé, j'avais la hanche déboîtée jusqu'au bassin.

[On dit que la mort est au bout du chemin ; qu'en pensez-vous ?]

Ah oui ! La mort est au bout du chemin quand il y a le cancer, qui vous emmène à petit feu, ou une hémorragie cérébrale, c'est-à-dire que les vaisseaux du cerveau se mettent à lâcher ; ça, c'est la mort si vous n'avez personne à côté de vous, vous y restez. Voilà.

[Si je vous dis que vous êtes entre la Vie et la Mort, ça vous fait quoi ?]

Ah, on ne sait jamais ; on est là, on parle, et puis un vaisseau qui lâche et puis, hop…

Km 82. **Gérard était éleveur de moutons. Laurence était employée de bureau à Moulins.** Ils sont maintenant à la retraite. Ils ont adopté des enfants, dont les photos tapissent leur maison ; mais ils n'en parlent pas. Aujourd'hui, ils habitent une maison coquette abondamment décorée et très sombre.
Après le repas préparé par Laurence. Le soir. Chez eux. Au calme.

[Pour vous, que signifie l'expression « faire son chemin » ?]

Mener sa vie, euh… mener sa vie physiquement, et dans sa tête. Voilà.

[On dit que la mort est au bout du chemin ; qu'en pensez-vous ?]

C'est vrai. Enfin, qu'est-ce que la mort ? C'est vrai pour moi qui ne crois pas à l'au-delà. Je crois que l'on vit plusieurs fois. Donc la mort, à la limite, c'est une résurrection. La mort, ce n'est qu'un passage.

[Si je vous dis que vous êtes entre la Vie et la Mort, ça vous fait quoi ?]

C'est une réalité, c'est vrai. De toute manière, on vit plusieurs fois, donc on meurt plusieurs fois. (Rires.)

KM111

KM119

celui qui marche entre la vie et la mort • celui qui marche entre la vie et la mort • celui qui marche entre la vie et la mort • celui qui marche entre la vie et la mort • celui qui marche entre la vie et la m

ui marche entre la vie et la mort • celui qui marche entre la vie et la mort • celui qui marche entre la vie et la mort • celui qui marche entre la La ligne de chemin de fer entre Moulins et Digoin. et la mort • ce

KM123

KM129

celui qui marche   Vers Bourbon-Lancy.   • celui qui marche entre la vie et la mort • celui qui marche entre la vie et la mort • celui qui marche entre la vie et la mort • celui qui marche entre la vie et la m

qui marche entre la vie et la mort • celui qui marche entre la vie et la mort • celui qui marche entre la vie et la mort • celui qui marche entre la vie et la mort • celui qui marche   Vers Grury.   et la mort •

KM165

Km 166. Michel habite près d'un petit village de l'Allier dans une maison entourée d'arbres fruitiers. Il dit de lui qu'il n'a jamais fait grand-chose. Il vit seul, fait sa propre eau de mirabelle qu'il distribue à ses connaissances et à ses voisins. Il est fier de boire l'eau de sa citerne.
Sous son mirabellier. À côté des fûts de mirabelle en fermentation. Odeurs.

[Pour vous, que signifie l'expression « faire son chemin » ?]

Oh, ma foi, la vie étant un jeu, c'est jouer le jeu jusqu'au bout ! À mon avis, c'est tout ! De toute façon, c'est un jeu où l'on est perdant puisque l'on meurt à la fin. Pour moi, c'est ça : faire son chemin, c'est jouer au jeu de la vie. Bon ou mauvais, il faut le prendre comme il est. Chaque jour suffit à sa peine ; demain, on sera peut-être mort de toute façon, alors à quoi bon se casser la tête ?

[On dit que la mort est au bout du chemin ; qu'en pensez-vous ?]

Obligatoirement ! La vie et la mort sont indissociables et la vie se nourrit de la mort ; la preuve, c'est qu'on tue des animaux pour vivre. La vie, la mort, c'est un tout ; d'ailleurs, la mort, c'est le passage d'un état à un autre. Vous retournez à la nature et vous vous réincarnez dans une plante, dans un animal, j'en sais rien, ça n'a pas d'importance.

[Si je vous dis que vous êtes entre la Vie et la Mort, ça vous fait quoi ?]

Oh ! Rien du tout ! La mort, je l'ai déjà vue trois fois, et de près ! Alors, cela ne me fait rien du tout ; la mort, je n'en ai pas peur, je l'attends et puis c'est tout. Quand je la verrai, et bien, ma foi… D'ailleurs, je ne veux pas qu'on me prolonge : le jour où mon heure arrive, je meurs et puis c'est tout ! De toute façon, je ne manquerai à personne, je n'ai ni femme ni enfant. Et puis c'est inéluctable, ça doit arriver un jour, à quoi bon s'insurger ? La mort des gens, ça me laisse indifférent parce que ça doit arriver. Je les regrette pendant trois ou quatre jours, et puis on passe à autre chose puisque la vie continue pour les vivants. Il ne faut pas en faire tout un plat. Cela doit arriver, et puis c'est tout. Si ça arrive, ça arrive !

celui qui marche entre la vie et la mort • celui qui marche entre la vie et la mort • celui qui marche entre la vie et la mort • celui qui marche entre la vie et la mort • celui qui marche entre la vie et la mort •

KM222

Km 235. **Xavier et Claire ont beaucoup voyagé. Au Sahara, en Alaska, en mer du Nord.** Partout où Xavier a trouvé du pétrole et son exploitation, Claire l'a suivi. Ils habitent une maison dominant la plaine de la Saône, où Claire reste à l'année tandis que Xavier fait la navette avec la Suisse pour son nouveau travail. Ils s'y retrouvent en fin de semaine. Parfois, par temps clair, ils peuvent y voir le mont Blanc, à l'horizon, au-delà de la plaine.

Dans leur jardin. Face à la vallée descendant vers la Saône. Prunes et mirabelles.

[Pour vous, que signifie l'expression « faire son chemin » ?]

– (*Silence.*) Avancer de manière positive, quelles que soient les épreuves.
– C'est le chemin intérieur, plutôt. Faire son chemin, pour moi, c'est s'être trouvé soi-même, c'est avoir lâché prise, et c'est être dans le non-vouloir.

[On dit que la mort est au bout du chemin ; qu'en pensez-vous ?]

Je pense que la mort est là maintenant. En ce qui me concerne, je suis extrêmement heureux de savoir que je vais mourir parce que je pense que le bonheur, c'est d'être mort, d'être mort maintenant, c'est-à-dire ne plus être dans le vouloir persécuteur. Cela veut dire que l'on est libre et puis, à un moment donné, on ne fait plus de différence entre la vie et la mort : c'est la même chose.

[Si je vous dis que vous êtes entre la Vie et la Mort, ça vous fait quoi ?]

– Moi, je suis content. (*Rires.*) C'est juste une étape sur la route.
– Oui, moi aussi, je le vois comme ça.

KM280

qui marche entre la vie et la mort • celui qui marche entre la vie et la mort • celui qui marche entre la vie et la mort • celui qui marche entre la vie et la mort • celui qui marche entre la vie et la mort • c

Les trois questions posées au café du village. Km 274. Match de boxe à la télévision.

$\left[\begin{array}{l}\text{Pour vous, que signifie l'expression}\\ \text{« faire son chemin » ?}\end{array}\right]$

… Oui, il sait combien ça fait mal ; il faut aller chercher l'effort… et l'arbitre qui n'arrête pas le combat !

$\left[\begin{array}{l}\text{On dit que la mort est au bout du chemin ;}\\ \text{qu'en pensez-vous ?}\end{array}\right]$

… Ça, ça va le déstabiliser ! Ah ! là, là, allez, tiens bon !

$\left[\begin{array}{l}\text{Si je vous dis que vous êtes entre la Vie}\\ \text{et la Mort, ça vous fait quoi ?}\end{array}\right]$

… Oh, il n'est pas bien, il n'est pas bien ! Ce n'est pas encore un K.-O., mais regardez comme il a les jambes lourdes. Eh oui, ils sont nombreux les supporters, mais pourtant…

Vers Pierre-de-Bresse.

qui marche entre la vie et la mort • celui qui marche entre la vie et la mort • celui qui marche entre la vie et la mort • celui qui marche entre la vie et la mort • celui Dans la plaine de la Bresse.   la mort •

KM321

Km 348. Paul est représentant de commerce et fait 100 000 km par an. Patrick tient l'hôtel d'un village de la plaine de la Bresse et bouge très peu. Les deux hommes ont pris l'habitude de se retrouver dans l'hôtel de Patrick de temps en temps, sur le chemin que Paul emprunte entre ses différents clients.
Dans la salle du restaurant de l'hôtel, vide. Coupes du club de football local. Photos. Dédicaces.

[Pour vous, que signifie l'expression « faire son chemin » ?]

Ah, ça ! C'est une bonne question. Faire son chemin… je dirais que c'est progresser dans la vie en essayant d'atteindre les buts qu'on s'est fixés. On peut prendre des chemins plus ou moins détournés pour y arriver.

[On dit que la mort est au bout du chemin ; qu'en pensez-vous ?]

– C'est une vérité. Oui, la mort est au bout du chemin, mais il ne faut pas y penser. Il faut accomplir ce que l'on a envie de faire.
– C'est la finalité sans être l'objectif.
– En revanche, il ne faut pas y penser ; il faut avancer et se remettre en question.

[Si je vous dis que vous êtes entre la Vie et la Mort, ça vous fait quoi ?]

– Ça fait que je suis en pleine vie, et que la mort, on verra après ; je ne suis pas entre la vie et la mort, je suis dans la vie.
– Si on sait que l'on approche du tunnel, on aura une autre façon de vivre. Cela sera complètement différent ; on aura d'autres façons de penser, peut-être accomplira-t-on des choses qu'on n'aura pas pu faire.
– On n'est pas entre la vie et la mort. On est dans la vie, et après il y a la mort ; on n'est pas entre les deux.
– Si on sait que nos jours sont comptés, il est certain que l'on sera complètement différent ; dans nos idées, dans notre façon de vivre… Peut-être.
– Peut-être.

celui qui marche entre la vie et la mort • celui qui marche entre la vie et la mort • celui qui marche entre la vie et la mort • celui qui marche entre la vie et la mort • celui **Vers Mont-sous-Vaudrey.** et la mort • c

KM346

Km 367. **France gère un bar dans le Jura.** Elle se dit heureuse d'y vivre et aime énumérer toutes les raisons de vivre là où elle a choisi d'habiter : les promenades, la beauté des paysages, les amis qu'elle a au village. Elle ne tient plus l'épicerie car cela fait trop de travail. Daniel est son ami.
Au bar. Devant un verre de vin blanc du Jura. Cartes postales : Arbois, Arc-et-Senans, cirque du Fer-à-Cheval.

[Pour vous, que signifie l'expression
« faire son chemin » ?]

Faire son chemin, c'est faire sa vie, construire sa vie ; ce n'est pas évident… Qu'en penses-tu, France, hein, faire son chemin ? Oui, c'est faire sa vie quoi !

[On dit que la mort est au bout du chemin ;
qu'en pensez-vous ?]

De toute façon, c'est obligé… pour tout le monde, c'est au moins une égalité pour tout le monde, on finit tous pareils. C'est la fin de la route.

[Si je vous dis que vous êtes entre la Vie
et la Mort, ça vous fait quoi ?]

Que du bien… enfin rien de mal… Ce n'est pas gênant ; il faut juste ne pas avoir peur de la mort, c'est tout. Ça ne me gêne pas, moi, en tout cas.

qui marche entre la vie et la mort • celui qui marche entre la vie et la mort • celui qui marche entre la vie et la mort • celui qui marche entre la vie et la mort • celui qui marche **Vers Ounans.** et la mort • c

KM350

KM360

celui qui marche **Avant Chamblay.** la mort • celui qui marche entre la vie et la mort • celui qui marche entre la vie et la mort • celui qui marche entre la vie et la mort • celui qui marche entre la vie et la m ui marche entre la vie et la mort • celui qui marche entre la vie et la mort • celui qui marche entre la vie et la mort • celui qui marche entre la vie et la mort • celui qui marche **Après Chamblay**. la mort • ce

KM364

KM390

celui qui marche   Le Lison. Vers Alaise.   · celui qui marche entre la vie et la mort · celui qui marche entre la vie et la mort · celui qui marche entre la vie et la mort · celui qui marche entre la vie et la m ui marche entre la vie et la mort • celui qui marche entre la vie et la mort • celui qui marche entre la vie et la mort • celui qui marche entre la vie et la mort • celui **Amondans. Le cimetière.** et la mort • ce

KM401

Km 402. Régine vient tous les ans dans le Jura pour vendre ses bijoux. Elle habite en Champagne. Elle ne dit rien de sa vie. Elle descend régulièrement au même hôtel situé au bord de la rivière, transformé en 1945 et inchangé depuis. Elle en connaît bien le propriétaire.

À l'hôtel, le matin. Autour d'un petit déjeuner. Son de la pluie qui tombe encore sur la véranda. Une allée vers la rivière.

[Pour vous, que signifie l'expression « faire son chemin » ?]

Faire son chemin, c'est essayer d'être soi-même tout au long de sa vie, même si on se trompe parfois. C'est avoir la satisfaction, à la fin de sa vie, d'avoir abouti à quelque chose qui est selon son idéal. C'est ça, faire son chemin, je pense.

[On dit que la mort est au bout du chemin ; qu'en pensez-vous ?]

Ça, c'est certain ; enfin, tout dépend de ce que vous êtes, de ce que vous croyez. C'est sûr que la mort est au bout du chemin de tout le monde mais, pour les croyants, c'est une autre forme de vie.

[Si je vous dis que vous êtes entre la Vie et la Mort, ça vous fait quoi ?]

Ça, je le sais que je suis entre la vie et la mort, ça, je le sais ! (*Éclat de rire.*) À plus ou moins brève échéance, évidemment, comme tout le monde. Tout le monde marche comme vous entre la vie et la mort. Voilà.

qui marche entre la vie et la mort • celui qui marche entre la vie et la mort • celui qui marche entre la vie et la mort • celui qui marche entre la vie et la mort • **Vallée de la Loue. Vers Ornans.** et la mort • c

KM411

celui qui marche **Le bois du Roi.** la mort • celui qui marche entre la vie et la mort • celui qui marche entre la vie et la mort • celui qui marche entre la vie et la mort • celui qui marche entre la vie et la n

KM415

Les trois questions posées à la procession. Km 415.
La nuit.

[Pour vous, que signifie l'expression
  « faire son chemin » ?]

… Mère du Bon Conseil, priez pour nous ; mère du Créateur, priez pour nous…

[On dit que la mort est au bout du chemin ;
  qu'en pensez-vous ?]

… Mère du Sauveur, priez pour nous, Mère vénérable, priez pour nous…

[Si je vous dis que vous êtes entre la Vie
  et la Mort, ça vous fait quoi ?]

… Mère digne de louanges… priez pour nous… priez pour nous… priez pour nous…

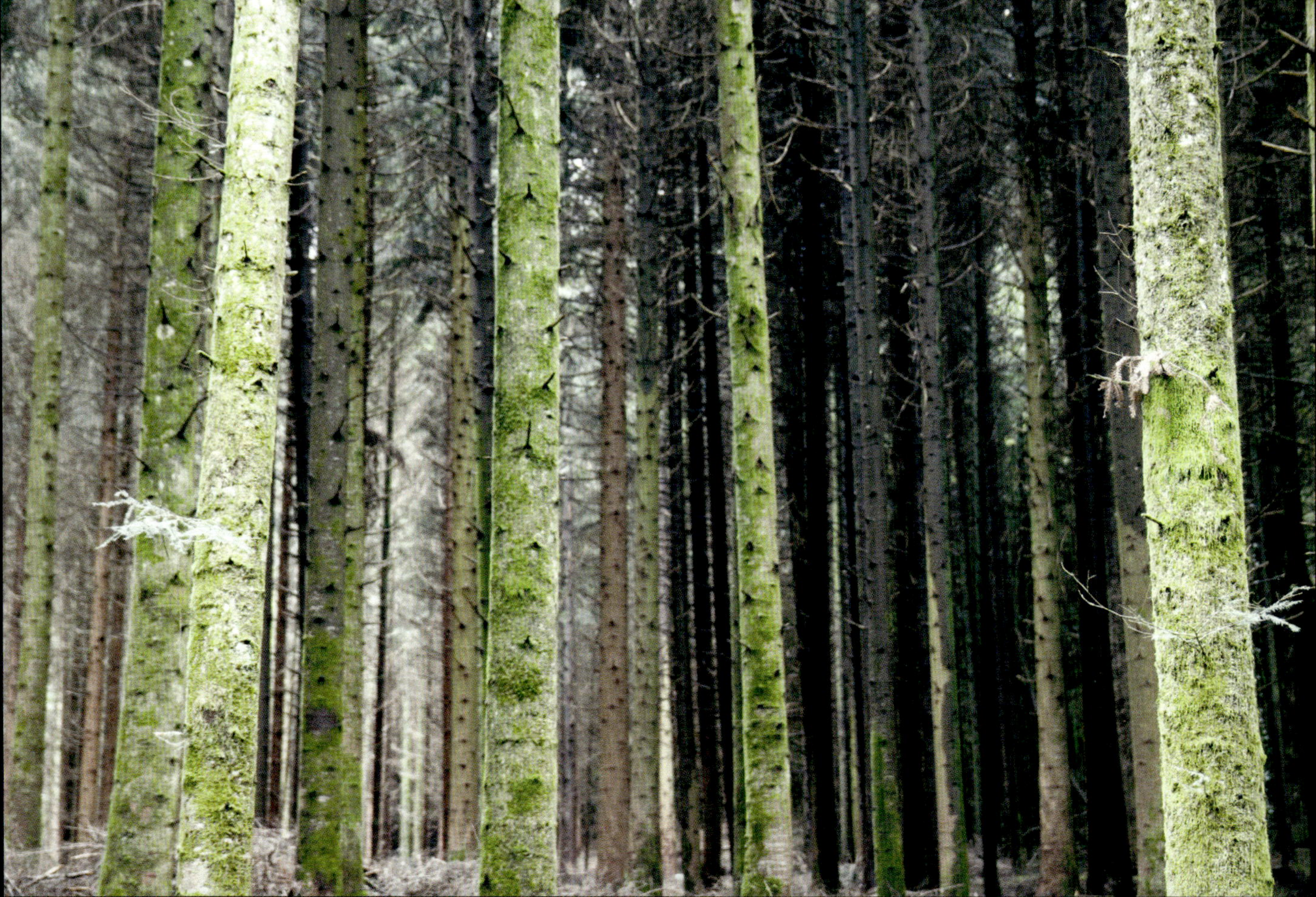

qui marche entre la vie et la mort • celui qui marche entre la vie et la mort • celui qui marche entre la vie et la mort • celui qui marche entre la vie et la mort • celui qui marche Le Dessoubre. la mort • c

KM422

KM429

celui qui marche **Vers Avoudrey.** la mort • celui qui marche entre la vie et la mort • celui qui marche entre la vie et la mort • celui qui marche entre la vie et la mort • celui qui marche entre la vie et la m

qui marche entre la vie et la mort • celui qui marche entre la vie et la mort • celui qui marche entre la vie et la mort • celui qui marche entre la vie et la mort • celui qui marche **Vers Orchamps.** la mort • c

KM433

KM440

celui qui marche entre la vie et la mort • celui qui marche entre la vie et la mort • celui qui marche entre la vie et la mort • celui qui marche entre la vie et la mort • celui qui marche entre la vie et la m qui marche entre la vie et la mort • celui qui marche entre la vie et la mort • celui qui marche entre la vie et la mort • celui qui marche entre la vie et la mort • celui qui marche entre la vie et la mort • ce

KM443

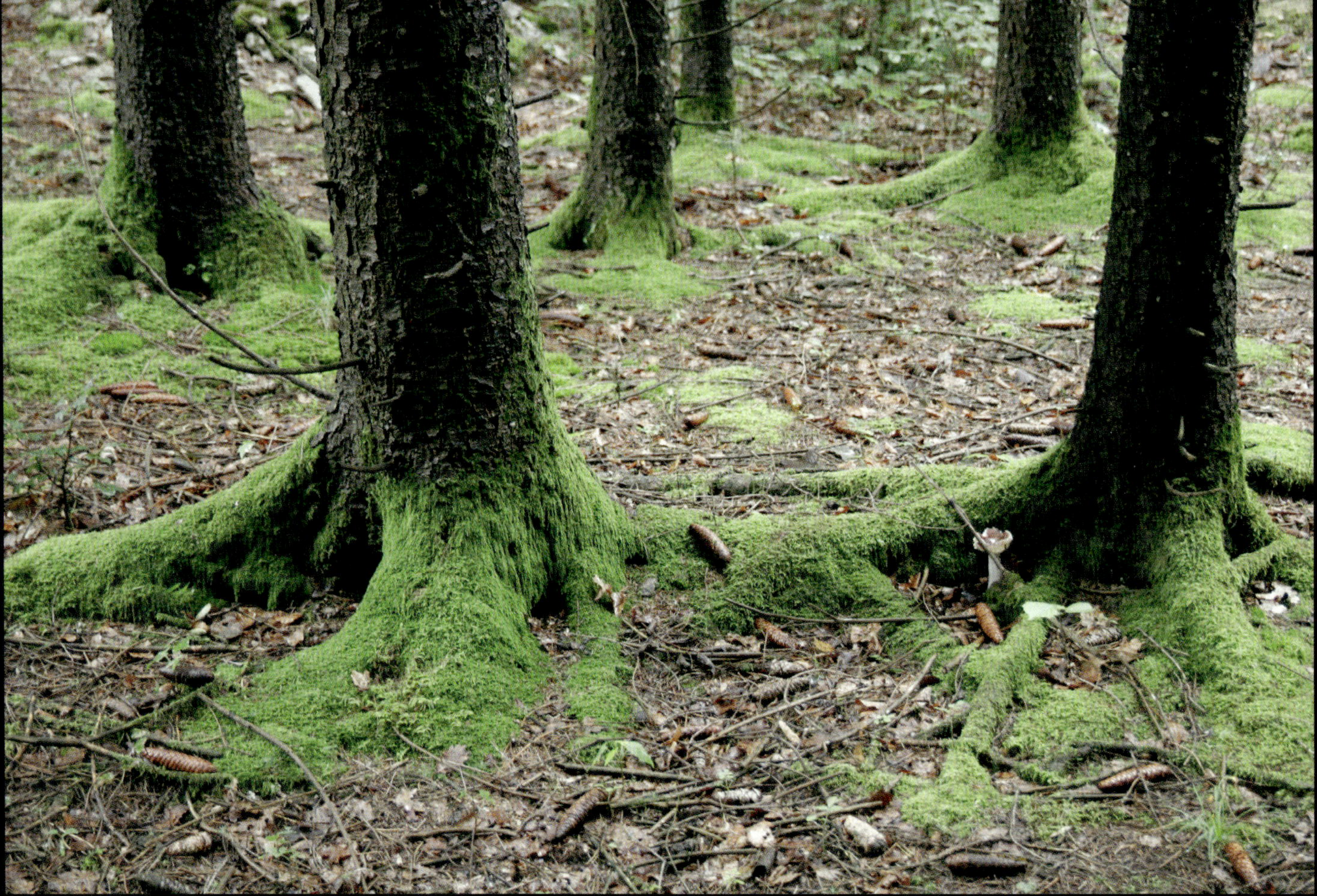

KM448

La Mort. Km 450. **Yannick vient d'acheter la maison du lieu-dit la Mort, à la lisière d'un bois de sapins.** Il la rénove. Claude et Geneviève habitent une ferme jurassienne du XVIe siècle située à près de mille mètres d'altitude. Claude élève des bovins. C'est le maire du village. Ni Claude, ni Geneviève, ni Yannick, ne connaissent l'origine du nom de l'unique lieu-dit appelé « la Mort ».
Dans la cour de la ferme. Sous une éclaircie fugace. Ensemble.

[Pour vous, que signifie l'expression « faire son chemin » ?]

– (*Silence.*) Euh… Faire son chemin… c'est faire sa vie ; oui, c'est faire sa vie. Passer de la naissance à la mort. Oui, cela peut être ça aussi…
– Pour moi, c'est le travail qui nous est demandé, c'est effectivement faire son passage ; et tout le travail que l'on peut faire. Chaque génération fait son chemin. Voilà.

[On dit que la mort est au bout du chemin ; qu'en pensez-vous ?]

C'est sûr (*Rires.*) ; on n'a pas le choix ; on est tous de passage ; on y est tous, même les fleurs ; il y a la naissance, la vie, et la mort. On a tous une destinée, c'est la mort.

[Si je vous dis que vous êtes entre la Vie et la Mort, ça vous fait quoi ?]

Moi, j'habite à la Mort. (*Rires.*) Enfin… Je n'habite pas encore à la Mort, je vais bientôt emménager à la Mort ; cet endroit me plaît. (*Rires.*) Et maintenant que je sais que c'est le seul endroit en France s'appelant la Mort, j'en suis encore plus heureux. (*Rires.*)

KM450

Les trois questions posées au ruisseau.
Cirque de Consolation (Doubs).
Au bord du ruisseau.

$\left[\begin{array}{l}\text{Pour vous, que signifie l'expression}\\ \text{« faire son chemin » ?}\end{array}\right]$

… Chant du ruisseau…

$\left[\begin{array}{l}\text{On dit que la mort est au bout du chemin ;}\\ \text{qu'en pensez-vous ?}\end{array}\right]$

… Chant du ruisseau…

$\left[\begin{array}{l}\text{Si je vous dis que vous êtes entre la Vie}\\ \text{et la Mort, ça vous fait quoi ?}\end{array}\right]$

… Chant du ruisseau…

qui marche entre la vie et la mort • celui qui marche entre la vie et la mort • celui qui marche entre la vie et la mort • celui qui marche entre la   Après la Mort. Cirque de Consolation. Le Dessoubre.   la mort • c

KM468

© le cherche midi, 2008
23, rue du Cherche-Midi, 75006 Paris
Vous pouvez consulter notre catalogue général et l'annonce de nos prochaines parutions
sur notre site Internet : cherche-midi.com

Conception graphique : Corinne Liger
Photogravure : Atelier Édition
Imprimé en France par Pollina - L48454F
Dépôt légal : octobre 2008
N° d'édition : 1312
ISBN : 978-2-7491-1312-8